햇볕이 쨍쨍 내리쬐는 어느 날,
농부와 스님이 내기를 해요.
농부는 해를 보며
비가 내리지 않는다고 하고,
스님은 곧 비가 내릴 거라고 하지요.
스님은 무얼 보고
비가 내릴 것이라고 자신했을까요?
두 사람 중 누가 내기에서 이길까요?

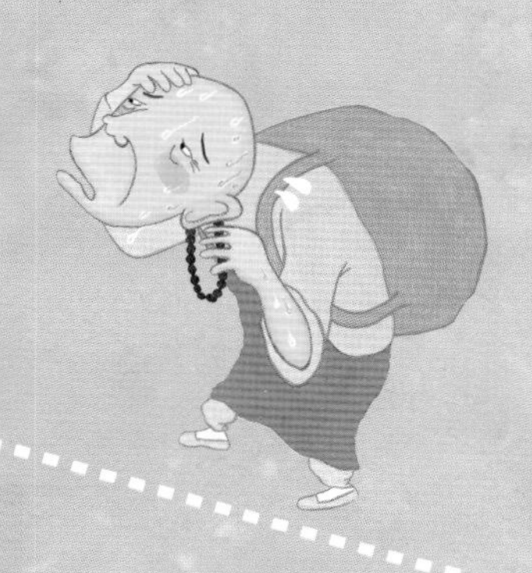

추천 감수_ 김병규
대구교육대학을 졸업하고 한국일보 신춘문예에 동화가, 중앙일보 신춘문예에 희곡이 당선되면서 작품 활동을 시작했습니다. 대한민국문학상, 소천아동문학상, 해강아동문학상 등을 수상했으며, 현재 소년한국일보 편집국장으로 재직 중입니다. 쓴 책으로 〈나무는 왜 겨울에 옷을 벗는가〉, 〈푸렁별에서 온 손님〉, 〈그림 속의 파란 단추〉 등이 있습니다.

추천 감수_ 배익천
경북 영양에서 태어났습니다. 1974년 한국일보 신춘문예에 동화가 당선되었고, 〈마음을 찍는 발자국〉, 〈눈사람의 휘파람〉, 〈냉이꽃〉, 〈은빛 날개의 가슴〉 등의 동화집을 펴냈습니다. 한국아동문학상, 대한민국문학상, 세종아동문학상 등을 받았으며, 현재 부산 MBC에서 발행하는 〈어린이문예〉 편집주간으로 일하고 있습니다.

글_ 이경진
명지대학교 문예창작학과를 졸업하고, 시와 수필, 동화 등 여러 분야의 글을 쓰고 있습니다. 어린이들에게 희망과 꿈을 선물하고 싶은 마음으로 밝고 상상력 있는 이야기를 담은 동화를 꾸준히 써 오고 있습니다. 작품으로 〈노란 풍선에 담긴 비밀〉, 〈꾸꾸와 미미의 세계 여행〉, 〈하늘을 날으는 잠수함〉 등이 있습니다.

그림_ 김희정
산업디자인을 전공하였으며, 디자인 회사에서 근무하다가 지금은 어린이들을 위한 정감 넘치는 책에 그림을 그리고 있습니다. 작품으로 〈꿀벌은 침을 쏘면 왜 죽을까〉, 〈동시 여행〉, 〈위인전 간다〉, 〈하느님 우산은 누가 고칠까〉, 〈잃어버린 시계〉, 〈여름은 즐거워〉, 〈빵가게 아저씨〉 등이 있습니다.

말랑말랑 우리전래동화 ⑪ 지혜와 재치
소 내기? 소나기!

발 행 인 박희철
발 행 처 한국헤밍웨이
출판등록 제406-2013-000056호
주 소 경기도 성남시 분당구 금곡동 444-148
대표전화 031-715-7722
팩 스 031-786-1100
편 집 이영혜, 이승희, 최부옥, 김지균, 송정호
디 자 인 조수진, 우지영, 성지현, 선우소연
사진제공 이미지클릭, 연합포토, 중앙포토

소 내기? 소나기!

글 이경진 그림 김희정

한국헤밍웨이

옛날 옛적 어느 여름날이었어.
가만히 서 있어도 이마에 송골송골
땀방울이 맺히는 아주 무더운 날이었어.
스님이 바랑을 메고 음식을 얻으러 다니고 있었지.
"이보시오. 부처님께 바칠 음식 좀 주시오."

스님은 이 집 저 집 돌아다니며
바랑 한가득 쌀과 음식을 얻었어.
"음, 오늘은 이 정도면 충분하겠어.
이제 슬슬 절로 돌아가야겠군."

스님은 터벅터벅 밭길을 걸었어.
따가운 햇볕이 스님의 머리 위에 쨍쨍 내리쬐어
온몸에 땀이 비 오듯 줄줄 흘렀지.
"아이고, 더워! 좀 쉬었다 가야지."

스님은 느티나무 그늘 아래에 털퍼덕 주저앉았어.
그러고는 옷소매로 땀을 쓱쓱 닦았어.
“아유, 시원해. 여름엔 그늘이 최고야.”
그때 밭에서 일하던 농부도 땀을 뻘뻘 흘리며
느티나무로 다가왔어.
“스님, 그늘에서 함께 쉬어도 될까요?”
“그럼요. 어서 들어오시오.”

농부는 스님 옆에 앉아 손부채를 부쳤어.
“세상에 이렇게 날이 덥고 가물어서야…….
비가 안 와서 곡식이 다 말라 죽겠어요.”
밭에는 옥수수가 시들시들,
상추도 잎이 바짝바짝 말라 있었어.
소도 더위에 지쳐 혀를 쭉 빼고 숨을 헐떡였지.

그때 어디선가 제비 한 마리가 날아왔어.
그러고는 땅 위를 스치듯이 낮게 날더니
지렁이를 잽싸게 낚아채지 뭐야.
스님이 그 모습을 보고 말했지.
"걱정 마시오. 곧 비가 내릴 게요."

농부가 해를 가리키며
배꼽을 쥐고 깔깔깔 웃었어.
“에이, 스님! 햇볕이 저렇게 쨍쨍
내리쬐는데 비가 내린다니요?
저 소가 웃겠어요.”

스님도 지지 않고 농부에게 말했어.
“어허, 곧 비가 내릴 것이오.
두고 보면 알 것 아니오?”
“거참, 스님이 더위를 드셨나?
오늘은 비가 오기 그른 날씨예요.”
농부는 스님을 살살 약 올리며
내기를 하자고 했어.

"스님 말씀대로 비가 내리면
스님께 저 소를 드리지요."
스님은 고개를 끄덕이며 바랑을 내밀었어.
"좋소! 비가 오지 않는다면
나는 이 바랑에 담긴 쌀과 음식을 모두 주겠소."

농부는 이죽이죽 웃으며 다시 밭을 갈았어.
뙤약볕 아래서 낑낑 밭을 갈면서도
얼굴에는 키득키득 웃음이 차올랐지.
'흐흐, 이 날씨에 비가? 어림없는 소리!
쌀과 음식이 공짜로 생기겠구나.'
그런데 이게 어찌 된 일일까?

갑자기 하늘에 먹구름이 잔뜩 끼더니
천둥이 우르릉 쾅! 번개가 번쩍!
장대 같은 빗줄기가 주룩주룩 내리는 거야.
"엥, 이게 어떻게 된 일이지?
정말로 비가 오잖아?"
농부는 멍하니 하늘을 올려다보며
쏟아지는 빗방울을 우두커니 맞았어.

잠시 후, 농부는 나무 밑으로 가서
스님에게 쇠고삐를 내밀었어.
“스님, 내기에 졌으니 이 소를 드리지요.
그런데 갑자기 비가 올 걸
어떻게 아셨습니까?”
스님은 땅 위를 바짝 날고 있는
제비를 손가락으로 가리켰지.

밥이
비 올 거 같아
앗
올라가 볼까?
음메

농부가 고개를 갸우뚱거렸어.

"제비는 왜요?"

"비가 오려고 하면 땅속의 벌레들이
땅 위로 쑥쑥 올라오지요.
그러면 제비는 그런 벌레를 잡아먹으려고
땅에 바짝 붙어 낮게 날아다닌답니다.
제비가 낮게 날면 곧 비가 내리지요."

농부는 엄지손가락을 세워 보이며 말했어.
“우아, 참으로 대단하십니다.
자연을 보고 앞일을 내다보시니
스님은 분명 큰스님이 되실 것입니다.
어서 이 소를 받으십시오.”
“하하, 소는 농부에게 필요하지요.”
스님은 소를 받지 않고,
비를 맞으며 절로 돌아갔어.

스님이 떠나자마자 빗줄기가 뚝 그쳤어.
다시 햇볕이 쨍쨍 내리쬐고,
시들하던 채소들이 쑥쑥 자랐어.

농부가 밭을 바라보며 씩 웃었어.
"앞으로는 함부로 소 내기를 하면 안 되겠어."
그 뒤로 갑자기 쏟아지다가 그치는 비를
'소내기' 라고 불렀다고 해.
'소나기' 라는 말은
'소내기' 가 변해서 된 말이래.

소 내기? 소나기! 작품해설

〈소 내기? 소나기!〉는 비가 올 것인가를 두고 농부와 스님이 내기를 하는 이야기입니다. 스님은 그날 얻은 쌀과 음식을 걸고 농부는 소를 걸고 한바탕 자존심 대결을 펼쳤는데, '소나기' 라는 말이 어디에서 나왔는지 설명해 주는 이야기지요.

옛날에 한 스님이 쌀을 얻어 돌아가다가 느티나무 아래에서 쉴 때였습니다. 한 농부가 스님 옆에 와서 불평을 하는데, 날씨가 가물어서 곡식이 다 말라 죽게 생겼다는 것이었습니다. 그러자 스님이 걱정 말라며 곧 비가 올 것이라고 했습니다. 농부는 해가 저리 쨍쨍한데 무슨 비냐고 했습니다. 그래도 스님이 비가 올 거라고 하자 농부는 내기를 하자고 했습니다. 그렇게 해서 스님과 농부의 내기가 시작되었는데, 스님은 쌀을 걸고 농부는 소를 걸었습니다.

그때 갑자기 하늘이 컴컴해지더니 비가 쏟아지기 시작했습니다. 농부는 후회하면서 소를 내놓았습니다. 그러나 스님은 소를 받는 대신 제비를 가리켰습니다. 제비가 저렇게 땅에 닿을 듯 나는 것은 비가 올 징조라면서요.

스님이 떠나자 농부는 가슴을 쓸어내리며 결심했습니다. 앞으로는 절대 '소 내기' 를 하지 않기로요. 그 소 내기가 변해서 '소나기' 가 되었다는 이야기입니다.

우리가 쓰는 말에는 '어원' 이라는 것이 있습니다. 어원이란 말이 생긴 역사를 말하는 것이지요. 이 이야기에서 소나기는 스님과 농부의 내기에서 시작되었다고 합니다.

이 이야기의 또 다른 교훈은, 세상은 끊임없이 무엇인가를 가르쳐 주고 있다는 것입니다. 우리가 어리석어 그것을 알아차리지 못한다는 것이지요. 그러니 짧은 지식으로 함부로 주장하지 말라는 것입니다. 농부처럼 전 재산인 소를 내거는 어리석은 짓은 더더욱 하지 말고요.

꼭 알아야 할 작품 속 우리 문화

스님은 부처가 되기 위하여 정신을 갈고닦는 사람을 말해요. 주로 회색 옷을 입고 머리를 깎고 절에서 생활하지요. 우리나라에서 스님이 되려면 승가 고시를 보아야 하는 등 여러 조건이 있어요. 스님 중에서 남자 스님은 비구, 여자 스님은 비구니라고 해요.

스님들은 옷, 경전, 발우 등을 자루 모양의 큰 주머니에 넣어 걸머지고 다녀요. 그것을 바랑이라고 해요. 바랑은 배낭이 변한 말로, 걸망이라고도 해요. 옛날에 원효 대사는 부어도 부어도 차지 않는 바랑을 만들어 천 명이 넘는 스님들을 먹여 살렸다고 해요.

절은 스님들이 살면서 기도하는 곳으로, 보통은 산속에 자리 잡고 있어요. 삼국 시대와 고려 시대에는 도시에 많이 있었는데, 조선 시대에 와서 유교를 숭상하고 불교는 억누르는 정책으로 산속으로 들어가게 되었지요.

말랑말랑 우리 문화 이야기

옛날에도 날씨의 변화를 미리 아는 것이 중요했어요. 날씨와 계절의 변화를 알면 농사를 짓는 데 큰 도움이 되거든요. 우리 조상들은 별자리, 바람, 구름, 동물 등 자연을 관찰해서 날씨를 예측했답니다.

새벽에 별빛이 흔들리면 큰 바람이 분다

공기 중의 바람이 강하게 움직이면 별이 뚜렷하게 보이지 않고, 흐릿하게 흔들리는 것처럼 보여요.

별이 잘 안 보이네. 내 눈이 나빠졌나?

종소리가 잘 들리면 비가 온다

비가 내리기 전에 날씨가 흐려서 공기 중의 습도가 높으면 소리가 더 멀리 퍼져 나가요.

물고기가 물 위로 빼끔거리면 비가 와요

비가 내리기 전 저기압일 때는 물속의 산소가 부족해요. 그래서 물고기들이 물 위로 입을 내밀고 호흡을 한답니다.

저녁노을이 생기면 날씨가 맑다
노을은 공기 중의 먼지에 햇빛이 비쳐서 생기는 현상이에요. 공기 중에 먼지가 많이 떠 있으면 날씨가 맑은 것을 말한답니다.
참새가 아침 일찍 지저귀면 날씨가 좋다
참새는 잠이 별로 없어서 일찍 일어나는 편이에요. 그런데 날씨가 좋아서 활동하기 좋을 때는 더 빨리 일어나 지저귀며 돌아다닌답니다.
기후를 측정하는 기구들
오늘 날씨가 좋겠군.
측우기
비가 내린 양을 재는 기구예요.
혼천의
별의 움직임 등 천체를 관측하는 기구예요.
수표
강물의 깊이 등을 재는 기구예요. 비가 많이 내릴 때 꼭 필요했지요.